AF389724

POINT DE LENDEMAIN

Conte érotique dédié à la reine

Écrit par
Dominique Vivant Denon

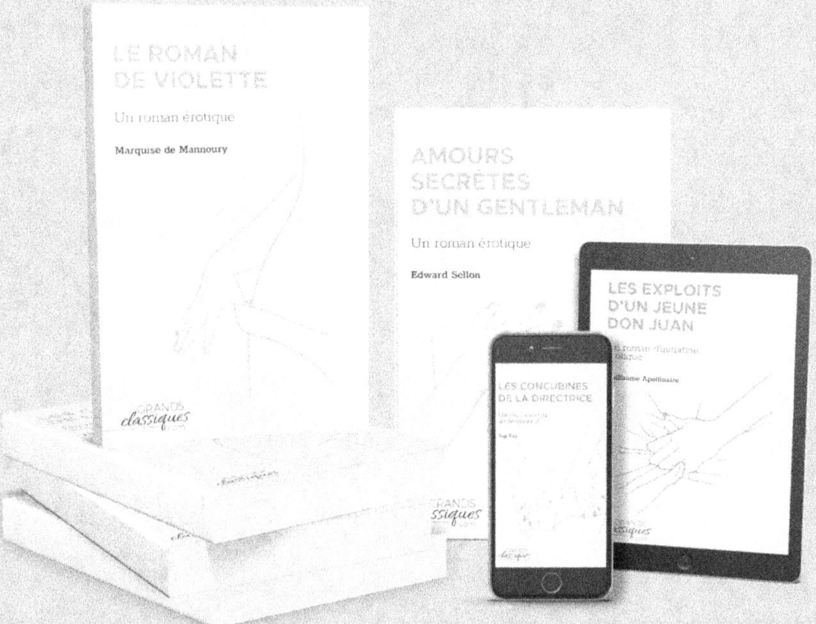
RETROUVEZ TOUS NOS
GRANDS CLASSIQUES
ÉROTIQUES

GRANDS
classiques
.com

LE ROMAN
DE VIOLETTE
Un roman érotique
Marquise de Mannoury

AMOURS
SECRÈTES
D'UN GENTLEMAN
Un roman érotique
Edward Sellon

LES EXPLOITS
D'UN JEUNE
DON JUAN
Un roman d'initiation érotique
Guillaume Apollinaire

LES CONCUBINES
DE LA DIRECTRICE

sur www.grandsclassiques.com

J'aimais éperdument la comtesse de *** ; j'avais vingt ans, et j'étais ingénu ; elle me trompa ; je me fâchai ; elle me quitta. J'étais ingénu, je la regrettai ; j'avais vingt ans, elle me pardonna ; et comme j'avais vingt ans, que j'étais ingénu, toujours trompé, mais plus quitté, je me croyais l'amant le mieux aimé, partant le plus heureux des hommes. Elle était amie de T..., qui semblait avoir quelques projets sur ma personne, mais sans que sa dignité fût compromise. Comme on le verra, madame de T... avait des principes de décence, auxquels elle était scrupuleusement attachée.

Un jour que j'allais attendre la comtesse dans sa loge, je m'entends appeler de la loge voisine. N'était-ce pas encore la décente madame de T... ?

« Quoi ! Déjà ! me dit-on. Quel désœuvrement ! Venez donc près de moi »

J'étais loin de m'attendre à tout ce que cette rencontre allait avoir de romanesque et d'extraordinaire. On va vite avec l'imagination des femmes, et dans ce moment, celle de madame de T... fut singulièrement inspirée.

« Il faut, me dit-elle, que je vous sauve le ridicule d'une pareille solitude ; puisque vous voilà, il faut... l'idée est excellente. Il semble qu'une main divine vous ait conduit ici. Auriez-vous par hasard des projets pour ce soir ? Ils seraient vains, je vous en avertis ; point de questions, point de résistance... appelez mes gens. Vous êtes charmant. »

Je me prosterne… on me presse de descendre, j'obéis.

« Allez chez monsieur, dit-on à un domestique ; avertissez qu'il ne rentrera pas ce soir… »

Puis on lui parle à l'oreille, et on le congédie. Je veux hasarder quelques mots, l'opéra commence, on me fait taire : on écoute, ou l'on fait semblant d'écouter. A peine le premier acte est-il fini, que le même domestique rapporte un billet à madame de T…, en lui disant que tout est prêt. Elle sourit, me demande la main, descend, me fait entrer dans sa voiture, et je suis déjà hors de la ville avant d'avoir pu m'informer de ce qu'on voulait faire de moi.

Chaque fois que je hasardais une question, on répondait par un éclat de rire. Si je n'avais bien su qu'elle était femme à grandes passions, et que dans l'instant même elle avait une inclination, inclination dont elle ne pouvait ignorer que je fusse instruit, j'aurais été tenté de me croire en bonne fortune. Elle connaissait également la situation de mon cœur, car la comtesse de *** était, comme je l'ai déjà dit, l'amie intime de madame de T… Je me défendis donc toute idée présomptueuse, et j'attendis les événements. Nous relayâmes, et repartîmes comme l'éclair. Cela commençait à me paraître plus sérieux. Je demandai avec plus d'instance jusqu'où me mènerait cette plaisanterie.

— Elle vous mènera dans un très beau séjour ; mais devinez où ? Oh ! Je vous le donne en mille… chez mon mari. Le connaissez-vous ?

— Pas du tout.

— Je crois que vous en serez content : on nous réconcilie. Il y a six mois que cela se négocie, et il y en a un que nous nous écrivons. Il est, je pense, assez galant à moi d'aller le trouver.

— Oui ; mais, s'il vous plaît, que ferai-je là, moi ? à quoi puis-je y être bon ?

— Ce sont mes affaires. J'ai craint l'ennui d'un tête-à-tête ; vous êtes aimable, et je suis bien aise de vous avoir.

— Prendre le jour d'un raccommodement pour me présenter, cela me paraît bizarre. Vous me feriez croire que je suis sans conséquence. Ajoutez à cela l'air d'embarras qu'on apporte à une première entrevue. En vérité, je ne vois rien de plaisant pour tous les trois dans la démarche que vous allez faire.

— Ah ! Point de morale, je vous en conjure ; vous manquez l'objet de votre emploi. Il faut m'amuser, me distraire, et non me prêcher.

Je la vis si décidée, que je pris le parti de l'être autant qu'elle. Je me mis à rire de mon personnage, et nous devînmes très gais.

Nous avions changé une seconde fois de chevaux. Le flambeau mystérieux de la nuit éclairait un ciel pur et répandait un demi-jour très voluptueux. Nous approchions du lieu où allait finir le tête-à-tête. On me faisait, par intervalles, admirer la beauté du paysage, le calme de la nuit, le silence touchant de la nature. Pour admirer ensemble, comme de raison, nous nous penchions à la même portière ; le mouvement de la voiture faisait que le visage de madame de T… et le mien s'entretouchaient. Dans un choc imprévu, elle me serra la main, et moi, par le plus grand hasard du monde, je la retins entre mes bras. Dans cette attitude, je ne sais ce que nous cherchions à voir. Ce qu'il y a de sûr, c'est que les objets se brouillaient à mes yeux, lorsqu'on se débarrassa de moi brusquement, et qu'on se rejeta au fond du carrosse.

— Votre projet, dit-on après une rêverie assez profonde, est-il de me convaincre de l'imprudence de ma démarche ?

Je fus embarrassé de la question.

— Des projets… avec vous… quelle duperie ! Vous les verriez venir de trop loin ; mais un hasard, une surprise… cela se pardonne.

— Vous avez compté là-dessus, à ce qu'il me semble.

Nous en étions là, sans presque nous apercevoir que nous entrions dans l'avant-cour du château. Tout était éclairé, tout annonçait la joie, excepté la figure du maître, qui était rétive à l'exprimer. Un air languissant ne montrait en lui le besoin d'une réconciliation que pour des raisons de famille. La bienséance amène cependant M. de T… jusqu'à la portière. On me présente, il offre la main, et je suis, en rêvant à mon personnage passé, présent, et à venir. Je parcours des salons décorés avec autant de goût que de magnificence, car le maître de la maison raffinait sur toutes les recherches de luxe. Il s'étudiait à ranimer les ressources d'un physique éteint, par des images de volupté. Ne sachant que dire, je me sauvai par l'admiration. La déesse s'empresse de faire les honneurs du temple, et d'en recevoir les compliments.

— Vous ne voyez rien ; il faut que je vous mène à l'appartement de monsieur.

— Madame, il y a cinq ans que je l'ai fait démolir.

— Ah ! ah ! dit-elle.

A souper, ne voilà-t-il pas qu'elle s'avise d'offrir à monsieur du veau de rivière, et que monsieur lui répond :

— Madame, il y a trois ans que je suis au lait.

— Ah ! ah ! dit-elle encore. Qu'on se peigne une conversation entre trois êtres si étonnés de se trouver ensemble !

Le souper finit. J'imaginais que nous nous coucherions de bonne heure ; mais je n'imaginais bien que pour le mari. En entrant dans le salon :

— Je vous sais gré, madame, dit-il, de la précaution que vous avez eue d'amener monsieur. Vous avez jugé que j'étais de méchante ressource pour la veillée, et vous avez bien jugé, car je me retire.

Puis, se tournant de mon côté, il ajouta d'un air ironique :

— Monsieur voudra bien me pardonner, et se charger de mes excuses auprès de madame.

Il nous quitta.

Nous nous regardâmes, et pour nous distraire de toutes réflexions, madame de T… me proposa de faire un tour sur la terrasse, en attendant que les gens eussent soupé. La nuit était superbe ; elle laissait entrevoir les objets, et semblait ne les voiler que pour donner plus d'essor à l'imagination. Le château ainsi que les jardins, appuyés contre une montagne, descendaient en terrasse jusqu'sur les rives de la Seine, et ses sinuosités multipliées formaient de petites îles agrestes et pittoresques, qui variaient les tableaux et augmentaient le charme de ce beau lieu.

Ce fut sur la plus longue de ces terrasses que nous nous promenâmes d'abord : elle était couverte d'arbres épais. On s'était remis de l'espèce de persiflage qu'on venait d'essuyer, et tout en se promenant, on me fit quelques confidences. Les confidences s'attirent, j'en faisais à mon tour, elles devenaient toujours plus intimes et plus intéressantes. Il y avait longtemps que nous marchions. Elle m'avait d'abord donné son bras, ensuite ce bras s'était entrelacé, je ne sais comment, tandis que le mien la soulevait et l'empêchait presque de poser à terre. L'attitude était agréable, mais fatigante à la longue, et nous avions encore bien des choses à nous dire. Un banc de gazon se présente ; on s'y assied sans changer d'attitude. Ce fut dans cette position que nous commençâmes à faire l'éloge de la confiance, de son charme, de ses douceurs.

— Eh ! me dit-elle, qui peut en jouir mieux que nous, avec moins d'effroi ? Je sais trop combien vous tenez au lien que je vous connais, pour avoir rien à redouter auprès de vous.

Peut-être voulait-elle être contrariée ; je n'en fis rien. Nous nous persuadâmes donc mutuellement qu'il était impossible que nous puissions jamais nous être autre chose que ce que nous étions alors.

— J'appréhendais cependant, lui dis-je, que la surprise de tantôt n'eût effrayé votre esprit.

— Je ne m'alarme pas si aisément.

— Je crains cependant qu'elle ne vous ait laissé quelques nuages.

— Que faut-il pour vous rassurer ?

— Vous ne devinez pas ?

— Je souhaite d'être éclaircie.

— J'ai besoin d'être sûr que vous me pardonnez.

— Et pour cela il faudrait… ?

— Que vous m'accordassiez ici ce baiser que le hasard…

— Je le veux bien : vous seriez trop fier si je le refusais. Votre amour-propre vous ferait croire que je vous crains.

On voulut prévenir les illusions, et j'eus le baiser.

Il en est des baisers comme des confidences : ils s'attirent, ils s'accélèrent, ils s'échauffent les uns par les autres. En effet, le premier ne fut pas plus tôt donné, qu'un second le suivit, puis un autre : ils se pressaient, ils entrecoupaient la conversation, ils la remplaçaient ; à peine enfin laissaient-ils aux soupirs la liberté de s'échapper. Le silence survint ; on l'entendit (car on entend quelquefois le silence) : il effraya. Nous nous levâmes sans mot dire, et recommençâmes à marcher.

— Il faut rentrer, dit-elle, l'air du soir ne nous vaut rien.

— Je le crois moins dangereux pour vous, lui répondis-je.

— Oui, je suis moins susceptible qu'une autre ; mais n'importe, rentrons.

— C'est par égard pour moi, sans doute… vous voulez me défendre contre le danger des impressions d'une telle promenade… et des suites qu'elle pourrait avoir pour moi seul.

— C’est donner de la délicatesse à mes motifs. Je le veux bien comme cela… mais rentrons, je l’exige.

Propos gauches, qu’il faut passer à deux êtres qui s’efforcent de prononcer, tant bien que mal, tout autre chose que ce qu’ils ont à dire. Elle me força de reprendre le chemin du château.

Je ne sais, je ne savais du moins si ce parti était une violence qu’elle se faisait, si c’était une résolution bien décidée, ou si elle partageait le chagrin que j’avais de voir terminer ainsi une scène si bien commencée ; mais, par un mutuel instinct, nos pas se ralentissaient, et nous cheminions tristement, mécontents l’un de l’autre et de nous-mêmes. Nous ne savions ni à qui ni à quoi nous en prendre. Nous n’étions ni l’un ni l’autre en droit de rien exiger, de rien demander : nous n’avions pas seulement la ressource d’un reproche. Qu’une querelle nous aurait soulagés ! Mais où la prendre ? Cependant nous approchions, occupés en silence de nous soustraire au devoir que nous nous étions imposé si maladroitement.

Nous touchions à la porte, lorsqu’enfin madame de T… parla.

— Je suis peu contente de vous… après la confiance que je vous ai montrée, il est mal… si mal de ne m’en accorder aucune ! Voyez si depuis que nous sommes ensemble vous m’avez dit un mot de la comtesse. Il est pourtant si doux de parler de ce qu’on aime ! Et vous ne pouvez douter que je ne vous eusse écouté avec intérêt. C’était bien le moins que j’eusse pour vous cette complaisance, après avoir risqué de vous priver d’elle.

— N'ai-je pas le même reproche à vous faire, et n'auriez-vous point paré à bien des choses, si au lieu de me rendre confident d'une réconciliation avec un mari, vous m'aviez parlé d'un choix plus convenable, d'un choix...

— Je vous arrête... songez qu'un soupçon seul nous blesse. Pour peu que vous connaissiez les femmes, vous savez qu'il faut les attendre sur les confidences... Revenons à vous : où en êtes-vous avec mon amie ? Vous rend-on bien heureux ? Ah ! Je crains le contraire : cela m'afflige, car je m'intéresse si tendrement à vous ! Oui, monsieur, je m'y intéresse... plus que vous ne pensez peut-être.

— Eh ! Pourquoi donc, madame, vouloir croire avec le public ce qu'il s'amuse à grossir, à circonstancier ?

— Epargnez-vous la feinte ; je sais sur votre compte tout ce que l'on peut savoir. La comtesse est moins mystérieuse que vous. Les femmes de son espèce sont prodigues des secrets de leurs adorateurs, surtout lorsqu'une tournure discrète comme la vôtre pourrait leur dérober leurs triomphes. Je suis loin de l'accuser de coquetterie ; mais une prude n'a pas moins de vanité qu'une coquette. Parlez-moi franchement : n'êtes-vous pas souvent la victime de cet étrange caractère ? Parlez, parlez.

— Mais, madame, vous vouliez rentrer... et l'air...

— Il a changé.

Elle avait repris mon bras, et nous recommencions à marcher, sans que je m'aperçusse de la route que nous prenions. Ce qu'elle venait de me dire de l'amant que je lui connaissais, ce qu'elle me disait de la maîtresse qu'elle me savait, ce voyage, la scène du carrosse, celle du banc de gazon, l'heure, tout cela me troublait ; j'étais tour à tour emporté par l'amour-propre ou les désirs, et ramené par la réflexion. J'étais d'ailleurs trop ému pour me rendre compte de ce que j'éprouvais. Tandis que j'étais en proie à des mouvements si confus, elle avait continué de parler, et toujours de la comtesse. Mon silence paraissait confirmer tout ce qu'il lui plaisait d'en dire. Quelques traits qui lui échappèrent me firent pourtant revenir à moi.

« Comme elle est fine, disait-elle ! Qu'elle a de grâces ! Une perfidie dans sa bouche prend l'air d'une saillie ; une infidélité paraît un effort de raison, un sacrifice à la décence. Point d'abandon ; toujours aimable ; rarement tendre, et jamais vraie ; galante par caractère, prude par système ; vive, prudente, adroite, étourdie, sensible, savante, coquette et philosophe : c'est un Protée pour les formes, c'est une Grâce pour les manières : elle attire, elle échappe. Combien je lui ai vu jouer de rôles ! Entre nous, que de dupes l'environnent ! Comme elle s'est moquée du baron !… que de tours elle a faits au marquis ! Lorsqu'elle vous prit, c'était pour distraire deux rivaux trop imprudents, et qui étaient sur le point de faire un éclat. Elle les avait trop ménagés ; ils avaient eu le temps de l'observer ; ils auraient fini par la convaincre. Mais elle vous mit en scène, les occupa de vos soins, les amena à des recherches nouvelles, vous désespéra, vous plaignit, vous consola ; et vous fûtes contents tous quatre. Ah ! Qu'une femme adroite a d'empire sur vous ! Et qu'elle est heureuse lorsqu'à ce jeu-là elle affecte tout et n'y met rien du sien ! »

Madame de T… accompagna cette dernière phrase d'un soupir très significatif. C'était le coup de maître.

Je sentis qu'on venait de m'ôter un bandeau de dessus les yeux, et ne vis point celui qu'on y mettait. Mon amante me parut la plus fausse de toutes les femmes, et je crus tenir l'être sensible. Je soupirai aussi, sans savoir à qui s'adressait ce soupir, sans démêler si le regret ou l'espoir l'avait fait naître. On parut fâchée de m'avoir affligé, et de s'être laissée emporter trop loin dans une peinture qui pouvait paraître suspecte, étant faite par une femme.

Je ne concevais rien à tout ce que j'entendais. Nous enfilions la grande route du sentiment, et la reprenions de si haut, qu'il était impossible d'entrevoir le terme du voyage. Au milieu de nos raisonnements métaphysiques, on me fit apercevoir, au bout d'une terrasse, un pavillon qui avait été le témoin des plus doux moments. On me détailla sa situation, son ameublement. Quel dommage de n'en pas avoir la clef ! Tout en causant, nous en approchions. Il se trouva ouvert ; il ne lui manquait plus que la clarté du jour. Mais l'obscurité pouvait aussi lui prêter quelques charmes. D'ailleurs, je savais combien était charmant l'objet qui allait l'embellir.

Nous frémîmes en entrant. C'était un sanctuaire, et c'était celui de l'Amour. Il s'empara de nous ; nos genoux fléchirent ; nos bras défaillants s'enlacèrent, et ne pouvant nous soutenir, nous allâmes tomber sur un canapé qui occupait une partie du temple. La lune se couchait, et le dernier de ses rayons emporta bientôt le voile d'une pudeur qui, je crois, devenait importune. Tout se confondit dans les ténèbres. La main qui voulait me repousser sentait battre mon cœur. On voulait me fuir, on retombait plus attendrie. Nos âmes se rencontraient, se multipliaient : il en naissait une de chacun de nos baisers.

Devenue moins tumultueuse, l'ivresse de nos sens ne nous laissait cependant point encore l'usage de la voix. Nous nous entretenions dans le silence par le langage de la pensée. Madame de T… se réfugiait dans mes bras, cachait sa tête dans mon sein, soupirait, et se calmait à mes caresses ; elle s'affligeait, se consolait, et demandait de l'amour pour tout ce que l'amour venait de lui ravir.

Cet amour, qui l'effrayait un instant avant, la rassurait dans celui-ci. Si, d'un côté, on veut donner ce qu'on a laissé prendre, on veut, de l'autre, recevoir ce qui fut dérobé, et de part et d'autre, on se hâte d'obtenir une seconde victoire pour s'assurer de sa conquête.

Tout ceci avait été un peu brusqué. Nous sentîmes notre faute. Nous reprîmes avec plus de détail ce qui nous était échappé. Trop ardent, on est moins délicat. On court à la jouissance en confondant toutes les délices qui la précèdent ; on arrache un nœud, on déchire une gaze ; partout la volupté marque sa trace, et bientôt l'idole ressemble à la victime.

Plus calmes, nous trouvâmes l'air plus pur, plus frais. Nous n'avions pas entendu que la rivière, dont les flots baignent les murs du pavillon, rompait le silence de la nuit par un mur-

mure doux qui semblait d'accord avec la palpitation de nos cœurs. L'obscurité était trop grande pour laisser distinguer aucun objet ; mais à travers le crêpe transparent d'une belle nuit d'été, notre imagination faisait d'une île qui était devant notre pavillon un lieu enchanté. La rivière nous paraissait couverte d'amours qui se jouaient dans les flots. Jamais les forêts de Gnide n'ont été si peuplées d'amants, que nous en peuplions l'autre rive. Il n'y avait pour nous dans la nature que des couples heureux, et il n'y en avait point de plus heureux que nous. Nous aurions défié Psyché et l'Amour. J'étais aussi jeune que lui ; je trouvais madame de T… aussi charmante qu'elle. Plus abandonnée, elle me sembla plus ravissante encore. Chaque moment me livrait une beauté. Le flambeau de l'amour me l'éclairait pour les yeux de l'âme, et le plus sûr des sens confirmait mon bonheur. Quand la crainte est bannie, les caresses cherchent les caresses ; elles s'appellent plus tendrement. On ne veut plus qu'une faveur soit ravie. Si l'on diffère, c'est raffinement. Le refus est timide et n'est qu'un tendre soin. On désire, on ne voudrait pas : c'est l'hommage qui plaît… le désir flatte… L'âme en est exaltée… On adore… On ne cédera point… On a cédé.

« Ah ! me dit-elle avec voix céleste, sortons de ce dangereux séjour ; sans cesse les désirs s'y reproduisent, et l'on est sans force pour leur résister. » Elle m'entraîne.

Nous nous éloignons à regret ; elle tournait souvent la tête ; une flamme divine semblait briller sur le parvis.

— Tu l'as consacré pour moi, me disait-elle. Qui saurait jamais y plaire comme toi ? Comme tu sais aimer ! Qu'elle est heureuse !

— Qui donc, m'écriai-je avec étonnement ? Ah ! Si je dispense le bonheur, à quel être dans la nature pouvez-vous porter envie ?

Nous passâmes devant le banc de gazon, nous nous y arrêtâmes involontairement et avec une émotion muette.

— Quel espace immense, me dit-elle, entre ce lieu-ci et le pavillon que nous venons de quitter ! Mon âme est si pleine de mon bonheur, qu'à peine puis-je me rappeler d'avoir pu vous résister.

— Eh bien ! lui dis-je, verrai-je se dissiper ici le charme dont mon imagination s'était remplie là-bas ? Ce lieu me sera-t-il toujours fatal ?

— En est-il qui puisse te l'être encore quand je suis avec toi ?

— Oui, sans doute, puisque je suis aussi malheureux dans celui-ci que je viens d'être heureux dans l'autre. L'amour veut des gages multipliés ; il croit n'avoir rien obtenu tant qu'il lui reste à obtenir.

— Encore... Non, je ne puis permettre... Non, jamais...

Et après un long silence :

— Mais tu m'aimes donc bien !

Je prie le lecteur de se souvenir que j'ai vingt ans. Cependant la conversation changea d'objet : elle devint moins sérieuse. On osa même plaisanter sur les plaisirs de l'amour, l'analyser, en séparer le moral, le réduire au simple, et prouver que les faveurs n'étaient que du plaisir ; qu'il n'y avait d'engagement (philosophiquement parlant) que ceux que l'on contractait avec le public, en lui laissant pénétrer nos secrets, et en commettant avec lui quelques indiscrétions.

« Quelle nuit délicieuse, dit-elle, nous venons de passer par l'attrait seul de ce plaisir, notre guide et notre excuse ! Si des raisons, je le suppose, nous forçaient à nous séparer demain, notre bonheur, ignoré de toute la nature, ne nous laisserait, par exemple, aucun lien à dénouer… quelques regrets, dont un souvenir agréable serait le dédommagement… et puis, au fait, du plaisir sans toutes les lenteurs, le tracas et la tyrannie des procédés. »

Nous sommes tellement *machines* (et j'en rougis) qu'au lieu de toute la délicatesse qui me tourmentait avant la scène qui venait de se passer, j'étais au moins pour moitié dans la hardiesse de ces principes ; je les trouvais sublimes, et je me sentais déjà une disposition très prochaine à l'amour de la liberté.

« La belle nuit, me disait-elle ! Les beaux lieux ! Il y a huit ans que je les avais quittés ; mais ils n'ont rien perdu de leur charme ; ils viennent de reprendre pour moi tous ceux de la nouveauté. Nous n'oublierons jamais ce cabinet, n'est-il pas vrai ? Le château en recèle un plus charmant encore ; mais on ne peut rien vous montrer : vous êtes comme un enfant qui veut toucher à tout, et qui brise tout ce qu'il touche. »

Un mouvement de curiosité, qui me surprit moi-même, me fit promettre de n'être que ce que l'on voudrait. Je protestai que j'étais devenu bien raisonnable. On changea de propos.

« Cette nuit, dit-elle, me paraîtrait complètement agréable, si je ne me faisais un reproche. Je suis fâchée, vraiment fâchée, de ce que je vous ai dit de la comtesse. Ce n'est pas que je veuille me plaindre de vous. La nouveauté pique. Vous m'avez trouvée aimable, et j'aime à croire que vous étiez de bonne foi ; mais l'empire de l'habitude est si long à détruire, que je sens moi-même que je n'ai pas ce qu'il faut pour en venir à bout. J'ai d'ailleurs épuisé tout ce que le cœur a de ressources pour enchaîner. Que pourriez-vous espérer maintenant près de moi ? Que pourriez-vous désirer ? Et que devient-on avec une femme, sans le désir et l'espérance ! Je vous ai tout prodigué : à peine peut-être me pardonnerez-vous un jour des plaisirs qui, après le moment de l'ivresse, vous abandonnent à la sévérité des réflexions. A propos, dites-moi donc, comment avez-vous trouvé mon mari ? Assez maussade, n'est-il pas vrai ? Le régime n'est point aimable. Je ne crois pas qu'il vous ait vu de sang-froid. Notre amitié lui deviendrait suspecte. Il faudra ne pas prolonger ce premier voyage : il prendrait de l'humeur. Dès qu'il viendra du monde (et sans doute il en viendra)… D'ailleurs vous avez aussi vos ménagements à garder… Vous vous souvenez de l'air de monsieur, hier en nous quittant ?… »

Elle vit l'impression que me faisaient ces dernières paroles, et ajouta tout de suite :

« Il était plus gai lorsqu'il fit arranger avec tant de recherche le cabinet dont je vous parlais tout à l'heure. C'était avant mon mariage. Il tient à mon appartement. Il n'a jamais été pour moi qu'un témoignage… des ressources artificielles dont M. de T… avait besoin pour fortifier son sentiment, et du peu de ressort que je donnais à son âme. »

C'est ainsi que, par intervalle, elle excitait ma curiosité sur ce cabinet.

— Il tient à votre appartement, lui dis-je ; quel plaisir d'y venger vos attraits offensés ! De leur y restituer les vols qu'on leur a faits !

On trouva ceci d'un meilleur ton.

— Ah ! lui dis-je, si j'étais choisi pour être le héros de cette vengeance, si le goût du moment pouvait faire oublier et réparer les langueurs de l'habitude…

— Si vous me promettiez d'être sage ? dit-elle en m'interrompant.

Il faut l'avouer, je ne me sentais pas toute la ferveur, toute la dévotion qu'il fallait pour visiter ce nouveau temple ; mais j'avais beaucoup de curiosité : ce n'était plus madame de T… que je désirais, c'était le cabinet.

Nous étions rentrés. Les lampes des escaliers et des corridors étaient éteintes ; nous errions dans un dédale. La maîtresse même du château en avait oublié les issues; enfin nous arrivâmes à la porte de son appartement, de cet appartement qui renfermait ce réduit si vanté.

— Qu'allez-vous faire de moi, lui dis-je ? Que voulez-vous que je devienne ? Me renverrez-vous seul ainsi dans l'obscurité ? M'exposerez-vous à faire du bruit, à nous déceler, à nous trahir, à vous perdre ?

Cette raison lui parut sans réplique.

— Vous me promettez donc…

— Tout… tout au monde.

On reçut mon serment. Nous ouvrîmes doucement la porte ; nous trouvâmes deux femmes endormies, l'une jeune, l'autre plus âgée. Cette dernière était celle de confiance, ce fut elle qu'on éveilla. On lui parla à l'oreille. Bientôt je la vis sortir par une porte secrète, artistement fabriquée dans un lambris de la boiserie. J'offris de remplir l'office de la femme qui dormait. On accepta mes services, on se débarrassa de tout ornement superflu. Un simple ruban retenait tous les cheveux, qui s'échappaient en boucles flottantes ; on y ajouta seulement une rose que j'avais cueillie dans le jardin, et que je tenais encore par distraction ; une robe ouverte remplaça tous les autres ajustements. Il n'y avait pas un nœud à toute cette parure ; je trouvai madame de T… plus belle que jamais. Un peu de fatigue avait appesanti ses paupières, et donnait à ses regards une langueur plus intéressante, une expression plus douce. Le coloris de ses lèvres, plus vif que de coutume, relevait l'émail de ses dents et rendait son sourire plus voluptueux, des rougeurs éparses çà et là relevaient la blancheur de son teint et en attestaient la finesse. Ces traces du plaisir m'en rappelaient la jouissance. Enfin, elle me parut plus séduisante encore que mon imagination ne se l'était peinte dans nos plus doux moments. Le lambris s'ouvrit de nouveau, et la discrète confidente disparut.

Près d'entrer, on m'arrêta :

— Souvenez-vous, me dit-on gravement, que vous serez censé n'avoir jamais vu, ni même soupçonné l'asile où vous allez être introduit. Point d'étourderie ; je suis tranquille sur le reste.

— La discrétion est la première des vertus ; on lui doit bien des instants de bonheur.

Tout cela avait l'air d'une initiation. On me fit traverser un petit corridor obscur, en me conduisant par la main. Mon cœur palpitait comme celui d'un prosélyte que l'on éprouve avant la célébration des grands mystères...

« Mais votre comtesse, me dit-elle en s'arrêtant... »

J'allais répliquer ; les portes s'ouvrirent : l'admiration intercepta ma réponse. Je fus étonné, ravi ; je ne sais plus ce que je devins, et je commençai de bonne foi à croire à l'enchantement. La porte se referma, et je ne distinguai plus par où j'étais entré. Je ne vis qu'un bosquet aérien qui, sans issue, semblait ne tenir et ne porter sur rien ; enfin je me trouvai dans une vaste cage de glaces, sur lesquelles les objets étaient si artistement peints, que, répétés, ils produisaient l'illusion de tout ce qu'ils représentaient. On ne voyait intérieurement aucune lumière ; une lueur douce et céleste pénétrait, selon le besoin que chaque objet avait d'être plus ou moins aperçu ; des cassolettes exhalaient de délicieux parfums ; des chiffres et des trophées dérobaient aux yeux la flamme des lampes qui éclairaient d'une manière magique ce lieu de délices. Le côté par où nous entrâmes représentait des portiques en treillage ornés de fleurs, et des berceaux dans chaque enfoncement ; d'un autre côté, on voyait la statue de l'Amour distribuant des couronnes ; devant cette statue était un autel, sur lequel brillait une flamme ; au bas de cet autel étaient une coupe, des couronnes et des guirlandes ; un temple d'une architecture légère achevait d'orner ce côté : vis-à-vis était une grotte sombre ; le dieu du mystère veillait à l'entrée ; le parquet, couvert d'un tapis pluché, imitait le gazon. Au plafond, des génies suspendaient des guirlandes, et du côté qui répondait aux portiques était un dais sous lequel s'accumulait une quantité de carreaux, avec un baldaquin soutenu par des amours.

Ce fut là que la reine de ce lieu alla se jeter nonchalamment. Je tombai à ses pieds ; elle se pencha vers moi, elle me tendit les bras, et dans l'instant, grâce à ce groupe répété dans tous ses aspects, je vis cette île toute peuplée d'amants heureux.

Les désirs se reproduisent par leurs images.

— Laisserez-vous, lui dis-je, ma tête sans couronne ? Si près du trône, pourrai-je éprouver des rigueurs ? Pourriez-vous y prononcer un refus ?

— Et vos serments, me répondit-elle en se levant.

— J'étais un mortel quand je les fis, vous m'avez fait un dieu : vous adorer, voilà mon seul serment.

— Venez, me dit-elle, l'ombre du mystère doit cacher ma faiblesse, venez…

En même temps, elle s'approcha de la grotte. A peine en avions-nous franchi l'entrée, que je ne sais quel ressort, adroitement ménagé, nous entraîna. Portés par le même mouvement, nous tombâmes, mollement, renversés sur un monceau de coussins. L'obscurité régnait avec le silence dans ce nouveau sanctuaire. Nos soupirs nous tinrent lieu de langage. Plus tendres, plus multipliés, plus ardents, ils étaient les interprètes de nos sensations, ils en marquaient les degrés, et le dernier de tous, quelque temps suspendu, nous avertit que nous devions rendre grâce à l'Amour. Elle pris une couronne qu'elle posa sur ma tête, et soulevant à peine ses beaux yeux humides de volupté, elle me dit :

« Eh bien ! Aimeriez-vous jamais la comtesse autant que moi ? »

J'allais répondre, lorsque la confidente, en entrant précipitamment, me dit :

« Sortez bien vite, il fait grand jour, on entend déjà du bruit dans le château. »

Tout s'évanouit avec la même rapidité que le réveil détruit un songe, et je me trouvai dans le corridor avant d'avoir pu reprendre mes sens. Je voulais regagner mon appartement ; mais où l'aller chercher ? Toute information me dénonçait, toute méprise était une indiscrétion. Le parti le plus prudent me parut de descendre dans le jardin, où je résolus de rester jusqu'à ce que je pusse rentrer avec vraisemblance d'une promenade du matin.

La fraîcheur et l'air pur de ce moment calmèrent par degrés mon imagination et en chassèrent le merveilleux. Au lieu d'une nature enchantée, je ne vis qu'une nature naïve. Je sentais la vérité rentrer dans mon âme, mes pensées naître sans trouble et se suivre avec ordre ; je respirais enfin. Je n'eus rien de plus pressé alors que de me demander si j'étais l'amant de celle que je venais de quitter, et je fus bien surpris de ne savoir que me répondre. Qui m'eût dit hier à l'Opéra que je pourrais me faire une telle question ? Moi qui croyais savoir qu'elle aimait éperdument, et depuis deux ans, le marquis de…, moi qui me croyais tellement épris de la comtesse, qu'il devait m'être impossible de lui devenir infidèle ! Quoi ! Hier ! Madame de T… ! Est-il bien vrai ? Aurait-elle rompu avec le marquis ? M'a-t-elle pris pour lui succéder, ou seulement pour le punir ? Quelle aventure ! Quelle nuit ! Je ne savais si je ne rêvais pas encore ; je doutais, puis j'étais persuadé, convaincu, et puis je ne croyais plus rien. Tandis que je flottais dans ces incertitudes, j'entendis du bruit près de moi : je levai les yeux, me les frottai, je ne pouvais croire… c'était… qui ?… le marquis.

— Tu ne m'attendais pas si matin, n'est-il pas vrai ? Eh bien ! Comment cela s'est-il passé ?

— Tu savais donc que j'étais ici, lui demandai-je ?

— Oui, vraiment : on me le fit dire hier au moment de votre départ. As-tu bien joué ton personnage ? Le mari a-t-il trouvé ton arrivée bien ridicule ? Quand te renvoie-t-on ? J'ai pourvu à tout ; je t'amène une bonne chaise qui sera à tes ordres : c'est à charge d'autant. Il fallait un écuyer à madame de T..., tu lui en as servi, tu l'as amusée sur la route ; c'est tout ce qu'elle voulait, et ma reconnaissance...

— Oh ! Non, non, je sers avec générosité, et dans cette occasion, madame de T... pourrait te dire que j'y ai mis un zèle au-dessus des pouvoirs de la reconnaissance.

Il venait de débrouiller le mystère de la veille, et de me donner la clef du reste. Je sentis dans l'instant mon nouveau rôle. Chaque mot était en situation.

— Pourquoi venir si tôt, dis-je ? Il me semble qu'il eût été plus prudent...

— Tout est prévu ; c'est le hasard qui semble me conduire ici : je suis censé revenir d'une campagne voisine. Madame de T... ne t'a donc pas mis au fait ? Je lui veux du mal de ce défaut de confiance, après ce que tu faisais pour nous.

— Elle avait sans doute ses raisons, et peut-être si elle eût parlé n'aurais-je pas si bien joué mon personnage.

— Cela, mon cher, a donc été bien plaisant ? Conte-moi les détails... conte donc.

— Ah !... un moment. Je ne savais pas que tout ceci était une comédie, et bien que je sois pour quelque chose dans la pièce...

— Tu n'avais pas le beau rôle.

— Va, va, rassure-toi, il n'y a point de mauvais rôle pour de bons acteurs.

— J'entends ; tu t'en es bien tiré.

— Merveilleusement.

— Et madame de T... ?

— Sublime ! Elle a tous les genres.

— Conçois-tu qu'on ait pu fixer cette femme-là ? Cela m'a donné de la peine ; mais j'ai amené son caractère au point que c'est peut-être la femme de Paris sur la fidélité de laquelle il y a le plus à compter.

— Fort bien !

— C'est mon talent, à moi : toute son inconstance n'était que frivolité, dérèglement d'imagination ; il fallait s'emparer de cette âme-là.

— C'est le bon parti.

— N'est-il pas vrai ? Tu n'as pas d'idée de son attachement pour moi. Au fait, elle est charmante, tu en conviendras. Entre nous, je ne lui connais qu'un défaut : c'est que la nature, en lui donnant tout, lui a refusé cette flamme divine qui met le comble à tous ses bienfaits. Elle fait tout naître, tout sentir, et elle n'éprouve rien : c'est un marbre.

— Il faut t'en croire, car moi je ne puis… Mais sais-tu que tu connais cette femme-là comme si tu étais son mari : vraiment, c'est à s'y tromper, et si je n'eusse pas soupé hier avec le véritable…

— A propos, a-t-il été bien bon ?

— Jamais on n'a été plus mari que cela.

— Oh ! La bonne aventure ! Mais tu n'en ris pas assez, à mon gré. Tu ne sens donc pas tout le comique de ton rôle ? Conviens que le théâtre du monde offre des choses bien étranges ; qu'il s'y passe des scènes bien divertissantes. Rentrons ; j'ai de l'impatience d'en rire avec madame de T… Il doit faire jour chez elle. J'ai dit que j'arriverais de bonne heure. Décemment, il faudrait commencer par le mari. Viens chez toi, je veux remettre un peu de poudre. On t'a donc bien pris pour un amant ?

— Tu jugeras de mes succès par la réception qu'on va me faire. Il est neuf heures : allons de ce pas chez monsieur.

Je voulais éviter mon appartement, et pour cause. Chemin faisant, le hasard m'y amena : la porte, restée ouverte, nous laissa voir mon valet de chambre qui dormait dans un fauteuil ; une bougie expirait près de lui. En s'éveillant au bruit, il présenta étourdiment ma robe de chambre au marquis, en lui faisant quelques reproches sur l'heure à laquelle il rentrait. J'étais sur les épines ; mais le marquis était si disposé à s'abuser, qu'il ne vit rien en lui qu'un rêveur qui lui apprêtait à rire. Je donnais mes ordres pour mon départ à mon homme, qui ne savait ce que tout cela voulait dire, et nous passâmes chez monsieur. On s'imagine bien qui fut accueilli : ce ne fut pas moi ; c'était dans l'ordre. On fit à mon ami les plus grandes instances pour s'arrêter. On voulut le conduire chez madame, dans l'espérance qu'elle le déterminerait. Quant à moi, on n'osait, disait-on, me faire la même proposition, car on me trouvait trop abattu pour douter que l'air du pays ne me fût pas vraiment funeste. En conséquence, on me conseilla de regagner la ville. Le marquis m'offrit sa chaise ; je l'acceptai. Tout allait à merveille, et nous étions tous contents. Je voulais cependant voir encore madame de T… : c'était une jouissance que je ne pouvais me refuser. Mon impatience était partagée par mon ami qui ne concevait rien à ce sommeil, et qui était bien loin d'en pénétrer la cause. Il me dit en sortant de chez M. de T… :

— Cela n'est-il pas admirable ! Quand on lui aurait communiqué ses répliques, aurait-il pu mieux dire ? Au vrai, c'est un fort galant homme, et, tout bien considéré, je suis très aise de ce raccommodement. Cela fera une bonne maison, et tu conviendras que, pour en faire les honneurs, il ne pouvait mieux choisir que sa femme.

Personne n'était plus que moi pénétré de cette vérité.

— Quelque plaisant que soit cela, mon cher, *motus* ; le mystère devient plus essentiel que jamais. Je saurai faire entendre à madame de T… que son secret ne saurait être en de meilleures mains.

— Crois, mon ami, qu'elle compte sur moi, et, tu le vois, son sommeil n'en est point troublé.

— Oh ! Il faut convenir que tu n'as pas ton second pour endormir une femme.

— Et un mari, mon cher, un amant même au besoin.

On avertit enfin qu'on pouvait entrer chez madame de T… : nous nous y rendîmes.

— Je vous annonce, madame, dit en entrant notre causeur, vos deux meilleurs amis.

— Je tremblais, me dit madame de T…, que vous ne fussiez parti avant mon réveil, et je vous sais gré d'avoir senti le chagrin que cela m'aurait donné.

Elle nous examinait l'un et l'autre ; mais elle fut bientôt rassurée par la sécurité du marquis, qui continua de me plaisanter. Elle en rit avec moi autant qu'il le fallait pour me consoler, et sans se dégrader à mes yeux. Elle adressa à l'autre des propos tendres, à moi d'honnêtes et *décents* ; badina, et ne plaisanta point.

— Madame, dit le marquis, il a fini son rôle aussi bien qu'il l'avait commencé.

Elle répondit gravement :

— J'étais sûre du succès de tous ceux que l'on confierait à monsieur.

Il lui raconta ce qui venait de se passer chez son mari. Elle me regarda, m'approuva, et ne rit point.

— Pour moi, dit le marquis, qui avait juré de ne plus finir, je suis enchanté de tout ceci : c'est un ami que nous nous sommes fait, madame. Je te le répète encore, notre reconnaissance…

— Eh ! Monsieur, dit madame de T…, brisons là-dessus, et croyez que je sens tout ce que je dois à monsieur.

On annonça M. de T…, et nous nous trouvâmes tous en situation. M. de T… m'avait persiflé et me renvoyait ; mon ami le dupait et se moquait de moi ; je le lui rendais, tout en admirant madame de T…, qui nous jouait tous, sans rien perdre de la dignité de son caractère.

Après avoir joui quelques instants de cette scène, je sentis que celui de mon départ était arrivé. Je me retirais, madame de T… me suivit, feignant de vouloir me donner une commission.

« Adieu, monsieur ; je vous dois bien des plaisirs, mais je vous ai payé d'un beau rêve. Dans ce moment, votre amour vous rappelle ; celle qui en est l'objet en est digne. Si je lui ai dérobé quelques transports, je vous rends à elle, plus tendre, plus délicat et plus sensible. Adieu, encore une fois. Vous êtes charmant… Ne me brouillez pas avec la comtesse.

Elle me serra la main, et me quitta. »

Je montai dans la voiture qui m'attendait. Je cherchai bien la morale de toute cette aventure, et… je n'en trouvai point.

ISBN ebook : 9782512008361

ISBN papier : 9782512009566

Dépôt légal : D/2018/12603/128

Couverture : © Hélène Massart

Conception numérique : Primento, le partenaire numérique
des éditeurs